자본주의는 명동에 산다

자본주의는
명동에 산다

주상태 시집

당진문화재단
Dangjin Culture Foundation

새미

들어가면서

이른 아침 새소리를 들으며 시를 읽고
노을 지는 저녁에
시가 다가오는 시절을 기억합니다.
시 읽는 시간이 축복이라는 것도 알고
시를 쓰기도 했지만
항상 부끄럽고 쑥스러웠습니다.
삶이 시처럼 맑고 솔직하지 못했기 때문입니다.
'시'에게 빚지고 사는 것 같아
시를 읽다 부끄러워하곤 합니다.

아침에 시를 읽으며 가슴 뭉클하다가도
저녁에 다시 읽으면 부끄러워지는 건
어쩔 수 없는 모양입니다.

시를 쓰는 일이 생활이었지만
시를 발표하는 것은 용기가 필요했습니다.

부끄러움을 넘어 두려웠기 때문입니다.

"문학은 문명의 강이다."라는 말을 믿습니다.

2024년 가을에

주상태

‖목차‖

제2부 문집을 만들었습니다

제3부 나이가 든다는 것은

제4부 자본주의는 명동에 산다

제5부 오만한 작품을 위하여

1부

당신께서 슬플 때에는

가슴이 뛰면 어떡하라고

가슴이 뛰면 안 되는데
뒷감당은 어떡하라고

멜론에서 노래 한 곡
예가체프 커피 내려받으며
서가를 오가다 꽂히는 책 빼 들다
시선은 시간 속에 빼앗기고

그녀 사진 보다가
마구 눌러 가까이 당기고

가슴이 뛰면 달려가는 일도 힘이 드는데
건널목 음악 소리 들리지 않고
동네 마트 와인도 모두 사라지고
꿈꾸기도 전에 품기만 하고

오차가비아, 메디아루나 까베르네
데스티노 레드

칼로로 시레드
메종 비알리드
아슬라네그라 카쇼멜롯
오케스트라 샤도네이
벨비노

와인 잔에 빛이 보이고
옆자리에 그녀가 보이는

가슴이 뛰기만 하면 되는 줄 알았는데
멈출 수 없어도
살 수 있을 것 같았는데

가을을 지우다

가을이 되면 가을이 그립다
낯선 성곽길을 걷다 보면 삶이 되살아나는데
꿈은 멀어지는 것 같다

인왕산을 오르는 동안
서울은 발밑에서 꿈틀거린다

생각이 서러운 가을은
모두를 껴안고
자신을 빨갛게 위장을 하고
삶은 저만치 나를
밀치고 있다

알록달록 덧칠한 도시는
초라하게 옹기종기 둥지를 틀고
세월을 버틴다

북악산을 오르며 흘리는 땀방울은

상쾌함을 넘어 안도감이다
오르고 또 오르면 못 오를 리 없다지만
오르지 않고도 밀치고 비트는 세상

땀은 나를 씻어내고
연거푸 밟히지 말라고 한다

잡초가 아닌 것처럼 발악하는 것도 그 정도
눈물 흘리는 것도 이 만큼이면 충분하다

정상에선 시원한 바람 불어오지만
좁은 산마루엔 가을은 없다

가을을 지우고 마음을 버리고
다시 가을을 오른다

가을 사랑

아내처럼 사랑이 찾아 왔다

나를 관리하듯 하지 않는 듯
오래된 부부처럼
사랑은 팔짱부터 끼기 시작했다
그녀의 말소리는 언제나 해맑았고
주인이 부르는 명령처럼
복종해야만 했다

여름이 지날 때까지도 눈치채지 못했다

가을이 올 거라고
사랑이 올 거라고

재촉한 것도 아닌데 서둘러 찾아오고
삶은 길을 잃은 듯 휘청거렸다

봄바람이 불어도

찾아오지 않던 사랑인데
나의 심장은 한계를 넘고 있었다

처녀처럼 사랑이 파고든다

주체하지 못할 사랑
계절을 넘기지 못할
가슴 벅찬 사랑

나를 버리며 받아들인다
꿈속으로 숨어든다

가족을 품다

인생의 내리막길에 들어섰을 때
함께할 사람을 생각하다가 문득

부끄러워도
쑥스러워도

마음을 열어야 하는 것이
가슴으로 품어야 할 것들이
내가 좋아하는 일만이 아니라는 것을
남의 일이 아니라는 것을

세상의 포장마차가
한 잔 술을 외면할지라도
아프리카 방랑을 꿈꾸고
추운 날 냉방에서 라면 먹는 즐거움으로 알고
가위바위보로 멀어져가던
서울 남산 계단 길도
동물적 본능만 발휘한다면

애틋한 정을 나눌 수 있음을 안다

까닭 없는 눈물 닦을 수 있고
눈물 없이 가슴 적실 수 있고
가사 없이 함께 부를 수 있는 것

먼 여행 시작했을 때
꿈꾸지 않던 길이지만
항상 그 자리에 있는

이제야 머물 수 있는
함께 여행 떠날 수 있는 사람을

잠시 품어본다

고3 딸이 무섭다

고3은 깡패보다 무섭다
바람이 자주 불고
무더운 날 불쾌지수보다 자주 찾아온다

고3과 함께하면
햇살 비치는 날보다 궂은 날이 많다
하늘을 바라보는 것은 사치가 되고
드라마 보며 눈물을 삼키는 행위다

알 수 없는 치장을 하고
볼 수 없는 눈물을 보이다가
굶주린 동물처럼 고기를 찾고
몇 날 며칠 침대에서 뒹굴다 쓰러지다가

속은 속대로
장은 장대로
위는 위대로

거창한 구호를 외친다

지금은 공사 중
폭발하는 우주의 아름다운 결별

깡패는 맞거나 주면 해결되지만
고3딸은 쉼이 없다

말 한마디 잘못 던졌던 아침
무서운 것은 고3이 아니라
시간이라는 걸 안다

딸 졸업식에 갔다가

손을 흔든다
멀리서도 아빠가 보이는 것처럼

재잘거리는 아이들 속에서
브이 하다 손을 흔들고 깔깔거리는

유달리 눈에 띄는 것은
사랑이 있기 때문이다

언제였던가
바람 속에 잠시 온 것 같은데
어느새 고등학교를 떠난다

아침마다 뒤뚱거리는 생활로
힘들어하다가도
비 개인 날 아침처럼
활짝 웃으며 삶을 반기고

꿋꿋하게 자기소개서를 말하고
대학 가는 것이 전부가 아니라는 것을
깨닫기에는 너무 이른 나이지만
가끔 사랑을 말하며
소주로 삶을 이야기하다
새벽이면 눈물이 난다

딸은 그냥 손을 흔들지만
나는 마음이 흔들린다

빨래를 하면서 3

체험 삶의 현장이다

아빠와 딸이
손과 발로 때와 씨름하는
우직한 풍경이다

어릴 적 온전히
손과 발 그리고 물과 공기 만으로
즐기던 놀이다

아빠는 바지와 속옷으로 부대끼고
딸은 양말과 수건과
한바탕 전쟁을 치른다

아래는 맨발이고
손에는 무기를 들고
물은 무지개를 그리며
아빠의 머리와 몸을 마구 공격하고

화해하다가도
공격이 이루어지고
공격을 하다가도
어느새 웃음바다 물바다가 된다

아군과 적군은 따로 없다
물을 먹으면 적군이고
물을 받으면 아군이다

일당은 없다

우리들의 웃음
우리들의 사랑
우리들의 행복이

일당이다

사랑은 그렇게

사랑하는 것도 죄가 될까?

누구를 사랑하는 것이
누구를 미워하지 않는 방법이라면
그것은 치명적이다

꿈속에서 피어난 꽃처럼 아름답지도 않고
너를 위한 게 아닌 것처럼 이기적이고
나를 위하는지도 모르는
바보 같은 일이다

사랑은 그렇게
열다섯 문을 여는 시간에도 오고
쉰다섯 문을 닫는 시간에도 온다

바람이 되어 오다가
태풍이 되어서야 깨닫기도 하고
눈물을 쏟고 나서야

아픔이 사랑인 줄 알기도 한다

도둑처럼 몰래 찾아온 사랑은
누구에게는 죄악이고
누구에게는 축복이다

사랑은 그렇게
쉰다섯 문을 열고 오기도 한다

풀빵을 위하여

눈물 젖은 빵으로 애썼던 시절
사랑했던 풀빵은
붕어빵 팥빵 크림빵 옥수수빵으로 나아가
아침 밥상에 올랐다

족발 사달라는 딸의 문자를 보고도
답장 보내지 못했던
추운 날의 일용직 아버지는
다음 메시지가 올 때까지 꺼억꺼억 울음을 삼켰다

"아빠, 고기가 아니면 잉어빵이라도 사오세요."

영하 10도를 오르내리는 날의 아버지는
서둘러 오던 길을 되돌아가
칼날 같은 추위를 아랑곳하지 않을 도리 없었다

아침은 풀빵 3개
팥빵 크림빵 크림빵

전자렌지 속에서
제각기 사연을 가지고 돌고 또 돈다

"아빠, 옛날에는 풀빵이라고 했어요?"

방긋 웃으면서
푸짐한 밥상이라며
아빠를 위로하는 딸아이를 보고는
말은 길을 잃었다

눈물 젖은 빵을 먹어야 하는 시대
풀빵은 언제쯤
그림책 속 '구름빵'으로
동화책 속 '붕어빵'으로 태어날까

당신께서 가장 슬플 때에는

이름 모를 돌부리에 넘어져 하늘이 노랗게 보일 때
제자들이 당신 마음을 몰라 주었을 때
당신에게 가장 소중한 날을 아무도 기억해주지 않았을 때
당신의 믿음이 송두리째 날아가 버렸을 때
여름밤 서늘한 바람이 불어오고
누군가가 나를 기다리고 있을 거라는 환상을 보았을 때
내가 자신의 행동을 믿을 수 없을 때
사랑하는 사람이 내 마음과 같지 않음을 느낄 때
시험에서 나답지 않은 점수를 받았을 때
옆에서 같이 지내던 친구와 말이 통하지 않을 때
나와 단 한 사람이 딴 세상의 사람이라고 느꼈을 때
인생에서 중요한 기회를 사람들이 깨닫지 못할 때

당신께선 더이상 잃어버릴 것이 없을 때
어떡하나요

당신께서 죽고 싶을 정도로 슬플 때에는

아가를 위하여

1

어제 다친 다리 때문에
몹시 불편하다
아기도 몹시 갑갑했을 것이다
용광로보다 더한 죽음의 통로를 지나
한 줌 재가 되어
양평 계곡물에 씻기어 갔다

2

오늘은 유난히 구름이 높아
화서역 언덕을 찾았다

미련 때문에
늦게 보낸
아기의 옷가지 흔적을 찾아본다

가까이서 바라볼 수 있고
언제나 찾아갈 수 있는
무지개 뜨는 언덕을 찾아

또 다른 고향으로
맑은 물은 아니지만
끝없이 더없이 흘러만 가는
들꽃이 피어 있는
언덕을 찾았다

3

형에게 울지 말라던
형을 일으켜 세우려던
동생은 없다

4

기쁜 일이 있을 때
언제나 생각나는
슬픈 일이 있을 때
더욱 떠오르는
아가도 없다

5

이번 추석에 찾아오겠지
이번 설날에 돌아오겠지

기다리고 기다리며
고대하지만

더욱 슬퍼
더욱 괴로워

따로 가고픈 땅이 있다

6

남들은 할머니가 어쩌고 하고
그들은 할아버지가 저쩌고 하지만
내 손으로 키운 자식
내 안에서 보채든 녀석
온몸 구석구석에서 부대끼던 아이
어쩌라구
어쩌라구

7

부모는 산에 묻고
자식은 가슴에 묻고

청산은 말이 없고

가슴은 푸른 울음을 삼키고
얼굴은 핏기없는 미소를 짓고

어머니는 어떻게 살라고
아버지는 어떻게 살라고

8

새벽에 깨어 있기가 두렵다
반복되는 일상이 권태롭다
새로운 아가의 탄생을 기다리면 기다릴수록
떠나간 아가의 울음소리가
더욱 처절하다

9

살아있기가 두려운 세상에서
술기운을 빌어

담배 연기의 여운을 쫓아 버틴다
때로는 혼미한 정신의 흔적을 찾아서
때로는 아스라히 다가오는 아가의 모습을 애달파하며
깡통 철학으로 견뎌본다

10

어제는 녹색 개구리가 찾아 들었다
오늘도 개구리가
우리 주변을 서성거린다
아가 엄마는 살 수 있도록
잘 돌려보내라고
어제 왔던 개구리라고 했다

무슨 이유인지 묻기 싫었다
그건 아닐 거라고 부정하기도 싫었다

11

사는 게 습관이 되어
죽지 못해
제기랄
죽는 연습이 부족해
죽지 못해
얼어 죽을

12

아기를 묻었던 동산에 보름달이 떠올라
아파트로 사라지는 동산 위에 떠 올라

*형석이를 위하여(19940915162326)

2부

문집을 만들었습니다

가출이야기

우리반 민아는 어제도 가출했다

누가 들어오라고
누가 나가라 해도
개의치 않았다

민아는 혼자 사는 법을 배우고 있었다
어젯밤 용산에서 민아를 만났다
어두운 골목에서 본 낯선 여자
이미 어른이 되어 있었다

부드러워진 얼굴과
살이 붙은 다리와는 다르게
무엇엔가 쫓기는 표정이었다

아직 15살
너무 빨리 세상을 알아 버렸다

돌아오기엔 풍진 세상으로
다시 부르기엔 흘러간 가요처럼
목메이지 않고는 마음껏 외치지 못할 것 같았다

어머니는 막무가내였다
포기해버린 아버지가 차라리 편해 보였다

다시는 돌아올 수 없는 세상으로
오늘만은 본능으로 돌아온 세상 속으로

민아는 내일도 집을 나갈 것이다

나는 학급담임이다

눈만 뜨면 학교로 간다
뜨이지 않아도 가야만 한다

습관처럼 교실로 가고
습관처럼 가정통신문을 주고
습관처럼 생활지도 확인서를 주고
습관처럼 우유급식 조사서를 주고
습관처럼 환경조사서를 나누어준다

습관처럼
습관처럼

그리고

습관처럼 조사서를 거두고
습관처럼 확인서를 거두고

부수고

때리고
살리고
소리 지르며
살아간다

습관을 고치지 못하고
아이들을 바꾸지 못하고
나도 돌이키지 못한다

습관을 고치지 못하면
교실을 벗어나지 못하고
나를 뛰어넘지 못하고
운동장에 몰리거나
강당 속에 갇히고 만다

아침에 눈을 떠도 담임이고
오후에 교실에 가도 담임이다

대안학교를 가다

대도시 속에 숨겨진
별천지를 보며 사람이 떠오른다

사람을 위하여
사랑으로 함께하며
시간의 향기 속으로 빠져든다

사람만이 희망이다

화려함이 때로는 절망이고
순수함도 때로는 좌절이지만
미안함에 익숙하고
손 내미는 정성이 봄날 햇살처럼 보드랍다
작은 마음 하나로 어지러운 세상을 살려고
힘든 삶을 이겨내고
버티기보다는 지내보려고 마음먹는다

나 보다는 너

너 보다는 우리를 위하여
거칠어진 손으로 별을 모은다

힘주어 뻗어보는 하늘에는
별 향기 흩뿌려지고
내 눈에 가득한 눈물을 본다

시린 가슴 안고 버틴 순간 떠올리다가
그리워하다가
쉼 없이 걸어가고자 한다

잡을 수 없는 순간을
애타게 기다리기보다
포근한 마음으로 맞이하려 한다

눈을 바라 보다
지치지 않는 눈빛과 마주한다

문집을 만들었습니다

문집을 **만 들 었 습 니 다**
내가지금떨고있나요?
아니울먹이고있나요?

1월의제2교무실은너무추웠습니다
손은항상얼어붙어있고
마음은들떠있고
흑석시장떡볶기는
언제나우리와함께였습니다

진주는모든일을했습니다
모든일은진주에게달려있었습니다
선민이는제2교무실에서살았습니다
언제나제2교무실에서찾을수있습니다
보미는노래로원타임을불렀습니다
그래서아이들은쉴수있었습니다
은경이는오후에나왔습니다
오후에만날수있었습니다

은정이는처음과끝이놀라웠습니다
변화무쌍해서모르겠습니다
명순이는집에서자고있었습니다
그래도우리는명순이와함께그림을그렸습니다
상혁이는돈을가지고있었습니다
그러나자신은절대로떡볶기를먹지않았습니다

1998년 겨울 방학 내내
우리는 문집 곁을 떠나지 않았습니다

선생님은 살아 있다

2016년 1월 추운 겨울
너무나 차가운 세상 속에서 그대는

'나 괜찮아!'
'제가 하죠,'
'제가 견뎌야죠.'

말하며 떠나갔습니다
아니 떠나지 않았습니다

아이들의 아우성은
쉽게 잠들지 못하게 할 것이고
아이들을 향한 사랑은
살아 있을 것입니다

남아있는 눈물마저 부끄럽게 만드는 시간
바람도 쉬이 넘지 못하고
훌쩍이는 소리는 가슴을 에일듯

숨죽이며 *끄억끄억* 흐느끼며
안타까운 세월 속에서
선한 눈망울 속에서
그대의 시간을 떠올립니다

그만 울고 보내드리려고
그만 아파하고 놓아드리라고
눈물과 한숨일랑 잊은 채 편히 쉬시라고
그곳에선 찬바람 불지 않기를
눈물 나는 일 없기를

선생님은 가시지만
떠나보내지 않을 것입니다
우리 가슴 속에
눈물 속에
살아 숨 쉴 것입니다

*2016. 1. 11 백인석 선생님을 떠나보내며

우리 아이들은 박사다

가나다라보다ABCD로이야기하고
미분적분과삼각함수피타고라스를이용하며
김소월유치환신경림을동경하며
덩크슛은어렵지만3점슛은잘도던진다
도덕적인인간은아니지만도덕점수는좋고
정치는잘모르지만이성계가조선을세웠다는건안다
캐나다에가보진않았지만캐나다수도는외우고
에펠탑이어떻게세워졌는지는모르지만프랑스에에펠탑
이있다는건안다
운동은못해도그냥체육시간이좋고
시험으로모두를괴롭히지만일찍마치니좋다
선생님에게는F학점을주지만애인에게는A학점을준다면
너는정말박사다

나도 박사다

수업에 대한 짧은 명상

참 이상한 일이다
수업이 있는 어느 날
아이들이 날개를 달고 교실 속으로 들어온다
가슴으로 날아다니고
눈물로 아이들이 보이지 않는다

수업은 언제나 고백 같은 것이었는데
알 수 없는 날들의 고독 같았는데

문득 말을 걸어온
햇살 좋은 날
도서관에서 책을 읽다가 그냥
햇살 뜨거운 날
현관 앞에서 개미를 잡다가 시를 만나고
뜨거운 햇살과 사랑에 빠지며
아무것도 들려주지 않지만
아이들은 행복해한다

교실에서 삼겹살을 구워 먹기도 하고
별과 세모 네모모양 샌드위치를 만들면서
함께 하는 삶을 이야기한다

참 꿈같은 일이다
비빔밥을 쓱싹쓱싹 비비고
삼행시로 자신만의 요리를 말하면서
국어시간이라고 하고
가정시간은 아니라고 말한다

비 내리는 날
운동장에서 첨벙첨벙 무릎까지 물이 차오르고
눈사람을 만나는 날
우리는 눈사람이 되고
우산이 펼쳐지는 날에
'가갸거겨고교구규'하지 않아도
나랏말씀은 뿌리를 내린다

어느 날 수업이 다가온 것처럼
삶도 다가올 것을 믿는다

아이들에게서 삐삐가 오면

아이들에게서 삐삐가 오면
정말 기분이 좋다

이른 아침 혹은 밤 12시
잠 못 이루는 새벽 2시
아이들의 진솔한 이야기가
나를 새롭게 태어나게 한다

때 묻지 않은 아침 이슬처럼
해가 떠올라 사라지기 전까지

오늘은 애경이의 맑은 목소리가 울리고
내일은 유진이의 건강 걱정하는
애정이 속삭이고
빨간 장미 한 송이로
크리스마스엔
무지개색 연필로
예쁘게 그린 카드로

삶의 의미를 느끼게 해준 아이들

집에 가는 길 서점에 들러
내 마음 전하는
작은 시집을 한 권 사고 싶다

애들아, 캠프 하자

아이들은 하나둘 손뼉 치고 환호성을 지르며 좋아한다
내일이면 학교에서 삼겹살도 구워 먹고 운동장에서
시간을 넘나드는 달리기를 하고
교실을 넘어서는 뜀뛰기도 하고
수업을 이끌어가는 고함을 지를 수 있기 때문이다

소란하다는 것은 살아있다는 것
마구 질러댄다는 것은 밥을 먹었다는 것

캠프 한다는 말에 옆 반 아이는 부러워하고
삼겹살 냄새를 맡으며 학교 주변을 기웃거린다

수업시간에는 숨죽이고 있던 미진이가
쉬는 시간에 잠만 자던 지선이도
운동장에서 물총을 피해 달릴 때는 함께 손을 잡는다

공동의 적을 향해 물을 뿜기 위해서는
피타고라스 정리도 필요 없고

시의 3요소도 필요 없고
어려운 한자를 몰라도 된다

달릴 수 있는 튼튼한 마음만 가지고
사랑하는 엄마의 딸이고
아빠의 아들이면 된다

숨 쉬지 않고 책을 읽어도 즐겁고
노래를 함께 불러 행복한 캠프는
1년에 한 번쯤은 있어야 한다는 선생님의 말씀은
도덕 시간에 배운 공자의 말씀보다
조회시간에 듣는 교장선생님의 훈화보다 감동적이다

얘들아, 캠프하자
생활에 더 지치기 전에 고기도 먹고 소리도 지르자
몸이 더 피곤하기 전에
잠보다 먼저 깨어나자

학교를 떠나며

아이들 얼굴 떠오르지 않아
다행이야
눈에 밟히지 않아
정말 다행이야

일부러 피하지 않아도
바람에 스치듯 지나쳐서
너무 가벼워서 좋아

자유롭게
자유롭게
새털처럼 날아오르는데
29년이나 걸려

두고 오지 못해
지우지 못해
아이들 사진으로
방을 도배하며 견딜 수 있어

흑석동도 떠날 수 있어
주말에 휴일에
학교 종소리도 듣지 않을 수 있어

마지막 끈을 놓아야 해
마주치지 않아야 해
그게 진짜 떠나는 거야

청소년 쉼터를 위한 서시

쉴 수 있다는 것은 축복
쉴 곳이 있다는 것은 사랑
꿈을 꾸는 것은
버티는 힘을 키우는 일이다

무작정 나왔던
무심코 뿌리쳤던 아이들이
잠시 머무르는 곳
오래 머물 수 없는 자리

하늘이 맑은 날이나
바람이 부는 날에도
가슴에 그리움을 묻고 사는 시간

이유 없이 짜증 날 때도 있고
생각 없이 화내거나 욕하기도 하지만
친구들과 함께 있고 싶고
헤어지길 두려워하고

멀리 떠나는 꿈을 꾸는 곳이다

상처를 어루만져주고
졸음을 이겨내게 해주고
할 일을 끝까지 할 수 있도록 해주는 것은
책도 아니고
선생님도 아니고
나 자신이라는 것을 알기까지

눈물을 흘려야 했고
담배를 피우기도 했고
친구가 있어야 했다

요리 잘하는 내 모습을 위하여
미용을 뽐내는 나를 위하여
달리고
구르고
가슴 한켠 슬픔을 숨겨두고

조여오는 아픔도 묻어두고
오늘도 하루를 버틴다

*시흥여자단기청소년쉼터에서

아이들을 위하여

매일 전쟁이다

공부하지 않으려는 아이와
가르치려는 선생님이
함께 하는 시간이다

무더운 날이나
시원한 날이나 상관없다

그날이 문제가 아니라
그때가 문제도 아니다

분수도 소수도 소용없고
정수와 유리수도 자연수도 아니고
약분과 통분도
인수분해는 더욱 아니다

모든 것은 최소공배수가 아니라

최대공약수로 향한다

산 산[山]이 아니라 산 삼이라고 하고
저자 시[市]가 아니라 저자 식이라고 해도

가르치는 게 중요한 게 아니라
마음으로 다독이는 게 필요하다

아이들 마음이 아니라
내 마음을 다독이는 일이다

문제집은 넘쳐나지만
아이들 문제는 영원히 기록되지 않거나
마음으로 남을 뿐이다

유숙이는 노래를 하고
재숙이는 '미쳤어'로 몸을 흔들고
숨 안 쉬고 책을 읽지 못해도

그림책은 항상 곁에 있고
동화책은 그냥 꿈일 뿐이다

매일 찾아가진 않지만
매일 꿈꾸는 아이들을 생각한다

가르치는 게 아니라 배우는 것이고
공부하는 게 아니라 노는 거다

그게 살아있는 거고
그게 살아가는 거다

3부

나이가 든다는 것은

건강검진 받으러 갔다가

건강검진 받으러 갔는데
한 달 정도는 예약이 끝났다고 한다
삶과 죽음은 멀리 있지 않은데
생(生)을 챙기는 사람이 많음을 알았다

어떤 이는 돈으로 죽음을 애써 밀치려 하고
어떤 이는 죽을 때가 되어
삶을 택하는지도 모른다

사는 것이 버겁고
살아 있음도 서러운데
죽으러 가기 위해 병원 갈 수 없어
죽지 않으려 찾아가지 못해서
한 모금 담배로 버티고
한 잔 술로 달래다
이게 삶이다
이게 죽음이라 말하곤
이슬조차 남기지 못한 채

떠나는 사람도 있는데

돈이 없기에 여유 부리지 못하고
돈으로 죽음과 거리 두지 못하며
거리에서
밤 지새는 사람들

인간이길 고집하는 이웃은
자신의 건강보다
한 끼 식사를 위해
자존심을 위하여
오늘도 삶과 죽음의 경계를 넘나들고 있다

사는 게 죽는 것이고
죽는 것이 사는 것인 줄
아는지 모르는지

나이 들면 보이는 것들에 대하여

잘한 일보다 잘못한 일이
보이는 건
나이가 들어서라고

나무가 보이고
꽃이 보이고
무엇보다
이름 없는 풀들이 다가온다고

무심코 밟았던 것들 사이로
조심조심 피하거나 어루만지거나

비 오는 날
물 흠뻑 머금고도 살아남은 민들레가
가슴을 파고드는 것은
나이만 먹어서만은 아니라고

나보다 잘난 사람보다

거들떠보지 않았던 세상이
나에게 다그치는 말

왜 그리 속이 좁으냐
넌 그리 혼자 우느냐

나이 들어 보여서 다행인 것은
낮출 수 있을 때까지
키 작은 꽃들을 볼 수 있을 때까지
아름답게 보일 때까지
바라본다는 것

그게 자연이고
그게 인간이라는 것을

눈물겹게
아름답다는 것을

나이가 든다는 것은

나이 들어 슬픈 것은
어쩔 수 없는 일이 일어난다는 것

마구 달릴 수 없고
마냥 고기만 즐길 수 없고
마음껏 책에 빠질 수도 없고
깡충깡충 성큼성큼
계단을 오르내릴 수도 없다는 것

나이가 들었다는 건
살아온 시간으로
아픔이 길이 될 수도 있고
온몸에 세월을 새겨야 하며
흔적을 지울 수 없다는 것

나이가 들면
근심만큼 늘어나는 게
주름만은 아니라는 것

하나둘 날려 보내고
흘려보내야 한다는 것

고통도
근심도
갈 수 없는 곳으로

나이가 들면
마음이 넓어지거나 좁아진다는 것

가고 싶은 곳도 갈 수 없는 곳도
갖고 싶은 것도 가질 수 없는 것도
보고 싶은 사람도 볼 수 없는 그녀도

품어야 하고
삼켜야 한다는 것

연골주사로 걸을 수도 있고

허리 찜질로 일어설 수도 있지만

너무 뜨거워 식힐 수 없는 괴로움을
언덕 너머 기억하며

숨죽여야 한다고
숨죽여야 하냐고

나이 들어 좋은 것은
신이 아니라는 것을 알아서다

일상 日常

일상이 시가 되고

시는

하
루
를

버티지 못한다

기어이

민들레 홀씨처럼
바람에 날아가고 만다

동네를 거닐다

익숙한 걸음이 삶을 가린다

어제 걸었던 길
여행하러 길을 나서고
늦은 저녁
길가 호프집에서 삶을 들이킨다

채워도 채워지지 않고
담지 않아도 넘쳐나는 것은
술이 아니라
보지 못한 풍경이고
듣지 못한 속삭임이고
맡지 못한 바람결이다

골목길은 천국으로 가는 지름길
손을 잡거나 말거나
뒤를 보거나 말거나
어느새 갈림길에서 마주 보며 웃는다

멀찌감치 떨어져 버린 삶을 다시 잡으려
좁은 길 막다른 길목에서
돌아서고 돌아서기를 반복하고
어제를 잊어버리려
다시 마을 어귀에 선다

밤골에서 하늘을 보다

그곳은 꿈꿀 수 있는
바람을 맞이할 수 있는 천국이었다

'더 샾'을 지나야 높이 오를 수 있는 계단은
함께 지나기엔 좁았고
'하이츠'에서 오르는 길은 너무 넓었다

병풍 같은 아파트를 지나야
꿈같은 터널을 건너야 갈 수 있고
마음이 가볍지 않으면 갈 수 없는
그곳은 밤골이다

시간이 멈추고 바람이 흘러가는 풍경은
자꾸만 벽을 타고
기둥을 잡고
아스라이 손에서 빠져나간다

누구는 추억으로

누구는 산책으로
누구는 방랑으로

삶은 그리 간단치 않아
오래된 우물을 지나면
더 이상 마실 물이 없을 것 같은 상상
그곳은 밤골이 아니었다

넘쳐나는 발걸음은
그곳을 밟고 지나갈 뿐
계절이 바뀌어도 그냥 바라만 볼 뿐
눈 내린 골목길을 꼭꼭 밟아주지 못한다

그래도 천국이 가까워진다는 것은
하늘을 볼 수 있고
계절을 맞이할 시간이 있기 때문이다

본능으로 살다

비 내리는 날
서울 둘레길을 걷고 나니 달라졌다

비 올 확률 80%라는 말을 듣고도
옷만 적신다는 것을 알기에 걷기로 했다

수락산 갈참나무 아래
얼린 막걸리가 샤베트가 되어
입속에서 녹아내리고
물소리가 천국의 하모니로 들릴 때
본능은 하늘을 우러르게 한다

밤낮 기온이 25도를 넘나들고
슬픔 머금은 습도가 유령이 되어
마음을 파고들 때
도망칠 막다른 골목 같은 건 없다

벗어던지지 못하고

밀어내지 않으면

삶은 그저 19세기만을 의식할 뿐
21세기도 마주하지 못하고
추락하고 말 것을

비가 내리면 내리는 대로
햇볕이 찌면 찌는 대로

본능으로 버틴다

북한산을 오르다

새 신을 신고 바위를 오른다
하늘을 향하는 발걸음은 씩씩하다

바람은 산허리를
머물다 흘러간다

오르지 않으면 내려다볼 수 없는
걸음은 가볍다

족두리봉까지 오르는 일이 시작이라면
사모바위는 삶을 다시 챙기고
인수봉에 이르는 일은 감격이고
절벽을 넘어 가파른 길을
구름 밟고 나아간다

발을 길게 뻗어 손까지 잡힐 것 같은 곳
눈으로 깨끗하게 씻어낸 풍경들
굽이굽이 솟은 꿈들

스쳐 가는 바람이 싱그럽다

바위에 누워
불러보지 못한 이름을 그리워한다

미처 보지 못한 시간
바람 속에 갇혀버린 이야기가 나풀거린다

수다를 떨다

막혀있던 혈관이 길을 찾은 것처럼
속이 시원해진다

삶의 잔해들이
우수수 떨어진다

그것이 삶인 것처럼 진지하지도 않고
그것이 꿈인 것처럼 간절하지도 않지만
차 한 잔 건네는 시간
수다는 삶이 된다

길은 사방으로 뚫려있을수록 막히기 쉬운 법
정체되어있는 순간 박차고 나갈 것

솟구치기에는 너무 위험한 것

수다는 과자 부스러기
수다는 디저트

수다는 휴식
수다는 달콤한 미소

때로는 수다도 삶이 된다
수다를 떨며 꿈을 꾼다

이제 휴식을 취하려 하네

숨 가쁘게 달려오다가도
멈추지 못한 이유가
어제보다 나은 내일을 위한 것만이 아님을 안다

태양이 뜨지 않아도
시간 속으로 도망가지만
삶을 벗어나지 못한다
화려한 조명을 받다가
무대 뒤로 돌아간 시간
나를 잊은 채 일 속에서 허덕이다
잠자리로 돌아간 시간에도

나는 숨소리만 낼 뿐
가쁜 숨소리만 날 뿐

아픈 가슴을 위하여 손 내밀지 못한다
제자리를 맴도는 치매 걸린 사람처럼
머리를 위하여 가슴은 한마디 하지 못한다

초조해진 마음으로 지새던 어느 새벽
망가진 외장하드를 복구하는 것처럼
삶을 복구하기란
들숨과 날숨의 쉼 없는 고통 속의 소통

더 지치기 위하여
더 아프기 위하여

산소가 부족한 붕어처럼 입만 벌리고 있다

이제 쉬어야 할 듯
이젠 살아야 할 듯

일기를 먹다

날마다 일기를 먹고 산다
하루라도 건너뛰는 날이면
내 삶이 없는 것 같아
사라질 것 같아

허겁지겁 매끈한 아스팔트 길 위로
오랜만에 익숙해지려는 구두를 신고
어색한 양복으로 품위를 세우려 한다

나를 버리는 이야기 하다 우쭐해지고
나를 부쩍 일으켜 세우는 일에 몰두한다

일기 먹는 날 아침은
든든하다
미소 짓기도 하고
눈 흘기다 잠이 든다

눈만 뜨면 아침이면 좋으련만

아침은 너무 일찍 찾아와
시선을 놓치고 새소리에 놀라 달아난다

아침에 일기를 먹는 날
밥 걱정 하지 않아서 좋다

한강을 달려보니 알겠다

한강을 달려보니 알겠다
출렁이는 물결처럼 흔들리는 뱃살을 느끼며
시지프스 운명처럼 버티는 삶이라는 것을

벗어날 수 없는 삶은
차가운 아침 공기 속
흐릿하게 비치는 꿈이라는 것을

샤워를 하다 보니 알겠다
거울 속에 비친 얼굴은
나의 마음도
내 몸도 아니라
녹슨 고철 덩어리가 되어
도시를 떠돌던 욕망이라는 것을
이끼 낀 욕된 껍데기라는 것을

한강을 달리다 가쁜 호흡 가다듬으며
앞서 달리는 자전거 속에서

미처 붙잡지 못한 연인들을 본다

한강을 달려보니 알겠다
이전에 달리지 못한 것은
한강이 멀리 있었던 것이 아니라
내가 너무 멀리 가버렸기 때문이라는 것을

아프다는 것에 대하여

손가락 관절이 아려 꺾기를 거듭하다
뼈와 살의 경계를 생각한다

뼈만 남아있는 앙상한 모습과
살의 효용을 고민하다 보면 내 몸은 해체된다

산산조각으로 부여잡고
잠에서 깨어난다

내가 아프면 몸이 아픈 것이고
내가 아파하면 마음도 아플 것이다

피가 흐르지 않는 세상에서는
살을 에는 아픔도 느낄 수 없지만
머리를 흔들다 잠을 설치다
맑은 하늘을 꿈꾸며
기어코 눈을 뜬다

삶이 나를 일으켜 세운 것이 아니라
죽음이 나를 불러낸 것이다

희망의 바람이 분다고
저주의 비가 내린다고
함박눈이 쏟아진다고
먹구름이 몰려온다고

관절이 먼저 알아차리지만
일어설 기운은 없다

바람이 불지만 달려야 할 때가 있다고
비가 올 것 같지만 뛰쳐나가야 할 때가 있다고
우기고 우기면서
나에게 말한다

깨어나라고!
죽음이 두려운 것이 아니라
살려고 할 뿐이라고

4부

자본주의는 명동에 산다

결국 생선을 먹다

미래를 차압당한 청춘을 위하여
저녁 시간은 1시간으로 제한할 것

메뉴는 다양할 것

해물칼국수
돈가스
베트남쌀국수
순대국밥
설렁탕

가격은 7,000원을 넘지 말 것

반복하는 요리를 넘어서는 일은
불가능해 보였다

먹자골목을 지나고
흑석시장을 돌다가

요리사 아저씨가 있는
구이와 조림 전문집

고등어조림
꽁치조림
갈치조림은 7,000원
고등어구이
꽁치구이
갈치구이는 6,000원 국물 제공

얼씨구나!

내가 만난 청춘은
생선도 먹으면서
살 수도 있나 보다

된장찌개를 끓이면서

"아빠, 오늘 찌개는 시원한 것 같아요."

일주일째 아침에는 된장찌개를 먹는다
내일을 위하여
딸의 건강을 위하여

여고생의 체격 검사를 위하여
콩은 일상이 되어버린다

이제 된장이 변신하고
찌개는 날개를 달아야 한다
된장이 양파를 만나고
배고픔을 달래려 감자까지 함께하고
DHA가 있는 참치도 참여한다

찌개에 들어가야 할 것과
들어가선 안 될 것들을 알지 못한
초보 주부는 된장 잡탕을 만들며

날개가 꺾이고 만다

"아빠, 사진처럼 하나씩 빼봐요."

된장찌개가 시원해지는 날
삶마저 상큼해질 수 있을까?

떡볶이를 먹으면서

우리는행복합니다.
천원에우리는만족합니다
오뎅이아니어요
오징어도아니에요
순대와더불어베풀어지는축제라면
환경미화가끝난뒤에펼쳐지는잔치라면
낙지대학보다시장에서땀흘려먹는맛은
입안에서녹는꿀맛이다
언제나그냥지나치지않는다
노래방가기전에
흑석동을배회하다
언니와산책나왔다가
제자들이찾아와

시켜먹는맛보다
가서만끽하는맛이최고다

선생님이가시면양도많고

오래도록버티면요구르트도주신다

아이들은 대부분 시장에서 만난다
아직도 아이들은 배가 고프니까

마리스코에 갔다가

이제는 즐길 때가 되었다

삶이 아름다운 것은
먹고 싶은 것을 보는 것만으로
알고 싶은 것이 있다는 것만으로
누군가를 그리워하는 것만으로도

먹는다는 것은 맛을 알고 있다는 것
맛을 알고 있다는 것은
모르고 있는 것을 알았다는 것
오래된 앨범을 넘기듯
추억을 찾아가며 맛을 즐긴다

삶이 풍요로운 것은
산에서 문어가 춤을 추고
바다에서 송아지가 뛰노는 풍경

맛을 잃지 않았다는 건

사과를 먹고
파인애플을 먹고도
닭다리와 마리스꼬 김밥을
함께 할 수 있다는 것
도미 연어 새우 오징어 청어알 광어 초밥을
삼킬 수 있다는 것

세 번 돌았다면
대화가 필요한 시간

메밀국수를 먹으며
못다 담은 삶을 건져 올리고
케잌과 아이스크림, 쿠키 그리고
커피 한 잔 들 수 있는 호사로운 여유

음식을 즐길 수 있다는 것은
아직 부를 배가 남아 있다는 것이고
삶이 아직 끝나지 않았다는 것

순대국밥을 먹으며

굶주린 배를 움켜쥐고 올라온 서울
순대국밥은
삶의 체중계였다

한 그릇 말끔히 비웠던
밥이랑 머리 고기는
누구의 양식이었고
구석 자리는 언제나 내 차지였다

얼굴 붉히며 조여드는 수치심보다
매일 아침밥을 걱정했기에
순대
국
그리고 밥은
나에게 따로 다가왔다

10년이 지난 겨울
IMF도 지나고

미국발 금융위기도 지났지만
여전히 추운 도시는
한 그릇으로 겨우 버틴다

눈물보다 한숨이 그립고
아픔보다 사랑이 다가오는 날
순대국밥을
가끔 먹는다

이제 순대국밥은
내 몸의 체온계가 되었다

술배를 타고

술배를 타고 친구 만나러 간다

일이 아니라 술이 고파서
알고 있는 이야기를 나누는 일이 즐거울 때
명동에서 등갈비도 먹고
흑석동에서 생삼겹살도 굽고
홍대 골목길에서 막걸리도 넘기고
시청이 보이는 곳에서 맥주도 마신다

술배와 친구가 정비례하는 것이 두렵지 않을 때
삶은 가까이 있고
꿈은 잠시 떨어져 있기도 하지만
꺾어지는 나이가 힘들었던 사람은 안다
고비고비 함께 탔던 배가 차고 넘칠지라도
세상은 망하지 않는다는 것을

술잔을 부딪치는 날
잔에 꿈이 출렁대는 시간

말이 늘어나고
친구가 많아지고
살이 불어가지만
절대로 긴장하지는 말 것

어차피 술이 배로 가던 배가 술로 가던
노 저어 건너야 하는 사람은 자신이기에

넓으면 넓은 대로
좁아도 좁은 대로

좋은 세상 보고 싶으면 그런대로
해지는 시간 바라보고 싶어도
그냥 마시면 된다

술배를 타면 구차한 삶도 그럴싸해 보이고
술도 삶이 된다

양념반 후라이드반

일요일이 되면
흑석동 골목길 주책카페에는 잔치가 벌어진다
주 5일제라고
한자리에 모인 사람들은
제각기 꿈꾸던 주말을 위하여
맥주, 와인 그리고 콜라
배부른 자만이 먹을 수 있는 치킨을 먹는다

여가수가 부르는 치킨도 좋고
우리 동네 치킨도 상관없다
그냥 양념반 후라이드반
이유가 많다는 것과 필요하다는 것을 넘나든다

한 명의 여인이라도
단 한 명의 친구라도 있다면
해 질 녘 저녁 파티는 풍성해진다

양념 먼저 후라이드 나중에 먹는 것이 아니라

양념과 후라이드를 함께 먹고
서로 나누어주기도 한다

양념은 오랫동안 나누지 못한 대화를 대신하고
후라이드는 날 것으로 얼굴을 마주할 것을 주문하고
맥주는 이젠 잊어버릴 것을
와인은 축배로
콜라는 후일담으로 노래한다

맥주 한 잔으로 우리를 흔들고
신선함을 잃어버린
시대의 안주감을 뒤로 하고
오늘은 우리 것으로
시대는 당신들 것으로
오롯이 안주감으로 삼는 것은 위안이다

애슐리에 갔다가

먹는 것이 즐거움이 되는 시간
뱃살을 말하는 것은
잘못된 일이다

많이 즐기기 위한
인간의 욕망을 위한 축제

굶주린 사자처럼 포만감을 즐기다가도
오뚝 솟은 사내를 보고
외면하듯 야채에 손길을 보내고

음식 따로 음료수 따로라고 하지만
후루룩 삼키고 짭짭 넘기고
소리로 즐기고
눈으로 누리는
오늘의 요리는 파스타
덤으로 닭다리 마늘 돼지고기
누들 요리는 곁들인 멋스러움

단돈 3,000원에 와인 3종 무한리필
술술 넘어가듯
술과 소리가 어울리면
차고 넘치는 줄 모르는 일

살아있다는 것은 먹는 일
혀끝에서 전해져오는 생명의 소리

허전함을 고기로 채우고 나면
삶이 보인다

사랑도
우정도
배고픔 앞에서는 사치가 된다

점심, 고프지 않다

점심이 고프지 않다는 것은 일종의 사치다

배고플 일이 없다고
삶이 고프지 않은 게 아니다

아침을 먹은 사람만이
점심을 먹지 않을 수 있다
아침도 제대로 챙기지 못하는 사람은
점심은 생존이다

눈물을 모르는 사람과
눈물을 흘리지 않는 사람이 다른 건
배고픔의 차이만은 아닐 것이다

시를 사랑하는 사치를 누려본 사람은 안다
점심을 먹지 않고서는 버틸 수 없는 삶이
아름다워야 한다는 것을

점심을 먹어야 버틸 수 있는 사람들
점심을 먹지 않고 버티는 사람들

배고픔을 넘어선 곳에서
투쟁은 시작되고
슬픔은 가슴앓이를 한다

점심이 고픈 시대에
먹어도 배부르지 않은 게 너무 많다

먹지 않아도
마치 헛배가 찬 것처럼

찜닭과 칼국수 사이

요즘 우리 딸은 말이 많다
전화하면 1분 안에 달려 나오라고
오늘은 찜닭이 당기니까 그것으로 하고
내일은 비싼 것 먹었으니까 칼국수로 하잔다

닭 반 마리가 2인분이니까
조금 허전하다고
길거리 맛탕 먹자고 한다

식으면 맛없다고 입안에 밀어 넣고
한 개 먹으면 정 안 든다고 한 개 더

생각 없는 것처럼 말하면서도
나를 무척 생각하는 듯

저녁 먹을 때만 보는 탓인지
요즘 우리 딸은 말이 많다
아기처럼 묻고 또 묻는다

빵점짜리 아빠 되지 않으려고
눈을 보고 이야기하다 입만 보고 대답한다

세상이 두렵지는 않지만
가족이라는 생각에 가끔 목이 메인다
언젠가 나도 딸에게 말이 많을 것을 생각하면
갑자기 목젖이 젖어온다

딸이 말이 많은 것처럼
삶이 말이 많아질 것처럼

뷔페에 갔다가

처음부터 잘못된 선택이었다
몸을 생각한 것부터
마음을 해치는 일이었다

맛을 고민하지 않지만
맛있는 세상이 다가오기 때문이다

그곳은 천국
바닷속 깊은 곳에서부터
하늘 높은 곳까지
인간이 뻗칠 수 있는 모든 생물
심지어 화석이 된 것까지도
밥상 위에 올릴 수 있다

발걸음은 가볍게
허느적 허느적
마음이 가는 대로

접시 가득 쌓는 채소 위로
이어지는 불고기, 탕수육, 갈비찜, 육회, 닭다리는
느끼는 대로 사는 것도 중요하다고 다독인다

테이블 한쪽
당당하거나 거만하게 자리하는
'맛있게 먹는 법'은 누구의 기준인가?

'맛있게 먹는 법'이 그들을 위한 것이라면
'먹어도 먹어도 맛있는 법'은 나를 위한 것이라며

순서 없이
가차 없이

눈에 닥치는 대로
입맛 당기는 대로

잘못된 선택은 천국에서나
가능한 일이다

자본주의는 명동에 산다

여름엔 스판 반바지를 입어야 해
린넨 셔츠는 바람과 함께 살아가네

옷에서부터 명동은 시작되었고
수박은 쪼개지고
파인애플은 담겨지고
발걸음은 음식 냄새에 쫓겨 빨라진다

절반의 중국인처럼 한가롭지도 않고
탈핵 순례자처럼 철학적이지 못하고
천국 지옥을 외치지 않으면서도
명동은 거친 숨을 내뱉는다

연인이 되어 자본주의를 꿈꾸는 일은
젊은이만의 특권은 아닌 듯
산다는 것이 '의'가 끝나면 '식'이 남았다는 듯
명동 쿠우쿠우는
명동성당보다 앞에 서 있다

숨 쉬는 것이 최소한의 생존방식
즐기는 것을 게을리하는 것은 죄악

탑텐에서 린넨 셔츠
H&M에서 스판 바지
지오다노에서 바람드는 쿨 셔츠를
후아유에서는 나를 묻고
스파오에서 여름샌들로 마무리한다

이제 명동은 초밥으로 길을 나선다
초밥은 명동에서 빛을 발한다

연어샐러드는 기본이고
고동초밥과 장어초밥은 필수고
베이컨롤보다 베이컨초밥에 무게를 주고
우동과 메밀국수는 휴식을 준다
수박으로 틈틈이 목을 축이고
슬라이스 피자로 깔끔히 마무리한다

명동에서는 자본주의를 두려워하지 않는다
갈 길이 바쁜 나그네에게 다음을 질문하지 않는다
자본주의가 어깨를 누르지 않는다

그게 초밥인 것처럼
그게 명동인 것처럼

5부

오만한 작품을 위하여

도서관을 위하여

지도 없이 떠나는 삶이 향기롭지만
방황하는 삶 뒤에 숨겨진 비밀을 찾아가는 여행은
가슴 아리게 만든다

책 읽는 모습이 아름다운 것은
자신만을 위한 이야기가 펼쳐지기 때문이다

때론 풍성하고
때론 허전 한 대로

따뜻한 아랫목에 앉아 먹는 군고구마처럼
호호 불어가는 온기가 흐르는
꿈의 공간을 상상한다

와자지껄
조잘조잘

점심시간이면 으레 찾아오는 풍성한 소리

삶의 노래는
장날 맛보는 향기 같다

때론 책을 지나쳐도
침묵 속에서 바라만 봐도
곁에 있는 책들은 외롭지 않다

위태로운 삶이 아니더라도
휴식을 취할 수 없을지라도

그들에 의한
그들을 위한 풍경은 아름답다

바람이 그림책을 읽는 시간

구름 사이로 해가 고개를 내미는 오후

바람 냄새
풀냄새 맡으며 꿈을 꾼다

구름이 그림을 그리고
사랑이 머무는 곳

문득 숲에서 불어오는 바람 속에서
스쳐 지나가는 시간

순이가 그림책을 펴고
강아지가 곁에 앉는다

바람이 노래를 부르고
노래가 눈물로 흐르고

딱따구리가 작은 집을 짓는 사이

그림책은

작은 숲속에 펼쳐진다

*강화, 바람숲 그림책 도서관에서

수치심을 위하여

책, 도서관, 사서 중에서
책이 가장 중요하다고 여기는 그녀는
눈치를 보고 있었다

세상을 한 몸에 품었기에
두려움까지는 보이지 않았다

그날은 그렇게
사서보다 책이 먼저라고 말하는 사람과
책보다 사람이 더 중요한지 알지 못하는 사람과
알려고 하지 않는 사람과
알아도 소용없는 사람이 모였다

그날 이후다
도서관에는 책이 넘쳐 났지만
사람들은 책을 보지 않았고
사람이 넘쳐 났지만
그들은 책을 읽지 않았다

바람이 불지 않아
눈물이 흐르지 않아 슬픈 날에는
수치심을 노래하자

알몸으로 읽은 책에 대하여

그해 여름
짐승처럼 책을 먹었다

실내온도 31도, 도시 온도 37도
선풍기로 생명을 연장하는 가운데
온몸을 휘감아 도는 바람은
더위를 몰아내기에 급급하다 지쳐버렸다

바람 부는 일은 기적에 가까웠지만
노르웨이의 숲 냄새가 풍기는 곳에서는
나오코를 향한 사랑이 식지 않았고
마담 보바리의 엠마는 제정신이 아니었고
세상의 수많은 올가미들은
작은 황금물고기 라일라를 그냥 두지 않았다

알몸이라는 것은 알아가야 한다는 것
살아가야 한다는 것

천사처럼 책장을 넘기려 애쓰다
버티지 못해 진저리치고

다 던져놓고
다 벗어놓고
다 뿌리치고

죽음은 삶의 대극이 아니라 삶의 일부라고
한증막 같은 공간도 세상이라는 것을
알기까지 오랜 시간이 걸리지 않았다

짐승도 책이 먹이인 줄 알았나 보다

책으로 세상을 막다

바람이 차가운 날
책으로 가슴을 감싸고 걷는다

사라져가는 서점들 속에서도
 보이는 곳

별

천

지

어두컴컴한 골목을 지나
오래된 이야기를 찾아 나선다

사나워진 세상이라고
추운 날씨 책으로 벽을 만든다

읽은 책 바닥에 깔고
읽었던 책 창문 사이로 스며드는 바람을 막고

읽고 싶지 않은 책
장작이 떨어진 난로 속으로 사라진다

활활 타오르는 운명 속에서
삶은 책으로 버틴다

웅크린 몸으로 책 속을 파고들다가
책으로 성을 만들고
세상까지 막으려 한다

오만한 작품에 대하여

너무 완벽하여 들어갈 틈이 없다
다가서기가 두려워
돌아서 곁눈으로 살피다 뒷걸음친다

시간 위에 잠든 너로 인해
삶은 정체되고
사람들은 작품 위에 군림하고
삶은 만만해지고
작품은 작가 주변만 어슬렁거리고

빈틈은 때로 실수를 불러오고
실수는 미소를 짓게 하고
미소는 여유를 부르고
여유는 작품을 크게 만든다

작품이 오만할수록
일상은 작품을 떨쳐버리고
삶은 무서워진다

책에 갇히다

목이 메이면 쉬어가면 되고
길이 막히면 돌아가면 되는데
책이 길을 막으면 온전히 삶이 막힌 것 같다

책을 성처럼 쌓아 가두고
한 권
한 권
책을 삼키고
책을 어르며
길을 만들며 나아간다

무너질 것 같은 벽은 다시 쌓으면 되는 것
어제 보고 싶었던 책은
오늘 만났던 책에 밀리고
내일은 다른 책 속에서 허덕인다

제목이 보이도록 할 것
친구끼리 짝을 지어둘 것

이름은 기억할 것

이 책이 아니라 저 책이라고
나에게는 모두 책인걸

책에 막히면
내 삶은 정체되고
잘못 찾은 커피 자국에도 가슴 아려하고
버려진 책갈피를 책 속에서 펼치려 하면서
영혼의 가장 낮은 곳에서 울림을 시작하고

나를 흔들고
나를 가두고
나를 막고
나를 버리기도 하지만
나는 버릴 수 없는 삶

절망이 넘치는 시대에

책은 길을 막지만
길 위에서 책은 외롭지 않다

그림 보는 법을 위하여

눈을 가볍게 뜨지 말고
소리 내어 보아라

그림이 답하도록
움찔거리도록 불러보아라

내 몸 깊은 곳
울부짖는 세포가 아니라도 좋아
스쳐 가는 인연으로 돌아보아라

걸음이 멈춘 곳에 그림이 있고
가빠지는 숨소리에
그림은 나를 향해 소리친다

깊은 울림은
만남으로 이어지고
펼쳐진 세상은
그림으로 살아난다

눈을 크게 뜨지 말고
은근히 살펴보아라

그림이 답하지 않아도
네가 물어보아라

누워서 시를

어쩌다 눈이 뜨이면
시도 아픈 날이 있다

눈이 부시지도 않고
가슴 설레지도 않은 시간
입동이 찾아와 일어서지 못할 때
살아보려고
시에게 기대면 안될까

누워서 자판 두드리며
발버둥 치듯 삶을 끄적거리면
시에게 죄스러울까

삶이 답답해 미쳐 버리는
간절한 마음을

아무도 받아주지 않는 산을 향해서도
소리치지 못하는 마음을

시는 알기나 할까

아침에 시를 읽고
누워서라도 시를 쓸 수만 있다면
얼마나 좋을까

도예 속으로

도예는 삶이 되어야 한다

바람 소리 들어야 하고
눈물 담아야 하고
땀으로 빚어야 한다

우면산 자락에서
연오랑을 만나고
흙으로 빚거나 쌓아 올린 탑 아래
삶은 이어져야 한다

작은 접시는
손으로 올리거나 내리거나
큰 그릇은 땅으로 밀거나
하늘 아래 숨 쉬거나

도예 하면서 찾아온 마음

아무 것도 들리지 않고
어느 것도 보이지 않고

그저 흙냄새만 품어야 했다

도예에 빠지다

이른 아침 고운 햇살 받으며
꿈을 꾼다

바람이 길을 잃고 머문 자리에
오랫동안 잊었던 소꿉장난 떠올리며
작은 숲을 그릇에 담아본다

판을 밀어 접시를 말아 올리고
흙가래 메워 화병을 이루고
코일로 쌓다가
뭉개 뜨려 쌓아 올리고 펼치다 어느새
꿈은 큰 그릇으로
그릇 위에
꽃, 새, 물고기, 집, 구름
그리고
새겨 넣는 아름다운 이름들
사랑하는 사람들
그리운 이들

그릇 만드는 시간 욕심이 더해지다가
흙 만지는 시간 눈 녹듯 사라지고
움직이는 손길 따라
마음도 흘러내린다

바람이 머무는 곳
땀들이 모여
정직한 시간 들이 숲을 이룬다

소설처럼 살아남기

소설이 나를 키우는 일이다

쓰지 않으면 자라지 않고
움직일 수도 없어
숨도 쉬어지지 않아

먹는 것보다 우는 것이 앞서고
억지로라도 웃을 수 없고
소설 쓰는 일이 필요하다고

감옥에 갇혀
마음이 답답해
길에 막혀
막다른 골목길에 들어선 것처럼

허공을 향해
미친 듯 회초리를 든다

소설로 자유를
희망이 소설로

소설로 길을 닦는다

길 위에서
한숨 쉬지 않는 나그네처럼

슬픈 노래를 들으면

슬플 때 슬픈 노래를 들으면
더욱 슬퍼지고
슬플 때 기쁜 노래 들으면
더더욱 아프다

가장 슬픈 노래 속에 그대가 있고
가장 기쁜 노래 속에는 내가 없다

사랑이 아프면
슬픈 노래는 위로가 되고
사랑이 오면
슬픈 노래도 축제가 된다

거센 바람 속에 홀로 버려져도
나를 키우는 건
나를 위해 불러주었던 노래
아픈 노래다

슬픈 노래를 듣다 보면
눈물이 나도 힘들지 않다

예술영화를 위하여

삶이 한쪽으로 쏠릴 때 영화를 본다

삶이 아닌 것처럼
내가 아닌 것처럼

그들처럼 절망 속에서
나를 건져내고 혹은 뿌리치면서
영화는 끝이 나고
삶은 시작된다

'시작은 키스'
98% 부족해도 사랑할 수 있는 것은
실수 때문이었다

가보지 못한 길을
가슴 졸이다가 걸어가는 마음으로
키스가 시작되고
삶은 벼랑 끝에 피어난 꽃처럼

버림받기 싫어 엄마 손 놓지 못하는 어린아이처럼
두려움에 떨다가
겁먹은 사랑은 달아나다가
그녀가 보이고
삶이 보이기 시작하면서 거센 비는 쏟아지고
따뜻한 방안에 작은 등불을 켠다

영화로 삶을 그리워하고
삶은 영화처럼 아름답진 않지만
여름날 소나기처럼 나를 찾아온다면
사랑을 위하여 영화를 볼 것이다

사랑도 영화처럼
삶도 영화처럼

출간을 축하하며

출간을 축하하며

20년 넘게 아이들과 함께 시를 읽고 쓰며 교사이자 시인으로 살아왔던 주상태 선생님께서 오롯이 자신의 이름으로 시집을 내셨습니다. 소소하게 느끼는 일상의 소중함과 좋아하는 책과 시에 관한 감성을 노래하는 선생님의 시를 읽다 보면 '사람 주상태'가 보입니다. 나이 들어가며 더욱 단단해지고 넉넉해진 선생님의 모습을 다른 사람들에게도 보여주고 싶습니다.

박정해

(전국학교도서관모임 대표, 삼정중학교 교사)

시를 너무도 사랑하여 일상을 시를 노래하는 마음으로 살며 학생들에게 시를 건네고 가르치던 주상태 선생님이 '용기'를 내서 '부끄러움'과 '두려움'을 넘어 시집을 내놓으셨어요. 아껴 가며 그의 시를 읽다 보면 가족에 대한 아픈 사랑이, 달관자같은 삶의 철학이, 나이듦의 지혜와 쓸쓸함이, 작은 축제 같았다는 수업이, 책과 도서관을 지독히도 좋아하는 시인의 설렘이 그대로 전해져 옵니다. 그리고 시인을 살린 것이 결국은 시였음을 인정하게 됩니다. 앞으로도 시에 기대며 시를 사랑하는 사치를 누려본 사람만이 가질 수 있는 아름다움을 담은 다음 시집이 나오길 기대하게 됩니다.

송경영
(사당중학교 교사)

그의 시는 사람 냄새 물씬한 시장 같고, 남포등 흔들리는 주막 같고, 섣달그믐날 쏟아져 내리는 눈발 같습니다. 간혹 어떤 시는 너무 아프고 눈물겹지만 그 비늘 끝에 별빛이 스며들기라도 한 것일까요? 읽다 보면 어느새 슬픔마저 그리움으로, 또 감동으로 낮게, 북을 울립니다. 그는 천생 시인이었던가 봅니다. 늦게나마 시집이 출간되었기에 망정이지 하마터면 참으로 애석할 뻔했습니다. 용기 내 주어 고맙습니다.

백화현
『도란도란 책모임』 저자

그저 지나칠 수 있는 소소하고 사소한 것들에 대한 시인의 섬세한 애정과 찰나의 관찰, 그리고 일상적 삶에 대한 웅숭깊은 성찰로 집중해 온 애틋한 시간들이 시인의 방을 오롯이 이루어 첫 시집을 출간하게 되었음에 기쁨이 앞섭니다. 지난 시절, 시인이 교사로서 학교 현장에서, 학교도서관에서 온 마음을 쏟은 아이들에 대한 울림의 진폭은 이후 학교 밖 세상에 대한 통찰로까지 이어져 시인의 독백처럼 이제 시는 '살아 숨 쉬는 사랑'으로 '더욱 보듬고 마는 삶'으로 확장되어 새로운 작품들이 끊임없이 이어지길 설렘으로 고대합니다.

한명숙
(『나를 키우는 시1,2』 공편자, 강원인문독서교육공동체 대표)

시를 쓰면서 눈물을 참는다는 선생님의 정직한 시간들이 모여 숲을 이루고 반가운 시집이 되었습니다. 딸과의 소소하고 애틋한 일상이 가슴 뭉클합니다. 교실에서 도서관에서 운동장에서 제자들을 까르륵 웃음 넘치게 하던 참으로 고마운 주상태 선생님은 우리 아이들을 따뜻하게 지켜내고 키워냈습니다. 평생 책과 도서관에 기울인 정성으로 마침내 진짜 사람책이 되어버린 시인에게 시는 세상과의 한판 시원한 수다가 되고 소통이 되어 넉넉하게 나이듦을 이야기합니다. 늘 주변을 따뜻한 눈길로 바라보고 우리 등을 두드려주는 참 선한 사람, 시인의 시를 드디어 만났습니다.

김경숙
(학교도서관문화운동네트워크 상임대표)

내가 기억하는 주상태 선생님은 장난꾸러기 같은 소년의 모습으로 시를 쓰고 문집을 만드는 사람이다. 이렇게 빠져들어 읽어도 되나 싶으면서도 어느새 내가 그 속에 있음을 느낀다.

선생님과 같이 나이 들어갔을 평범한 일상을 덤덤하면서도 따뜻하게 이야기하고 있다.

나는 그 속에서 때로는 아비가 되기도, 학생이 되기도, 딸이 되기도 한다. 선생님의 글에서 선생님이 책과 도서관 그리고 사람을 얼마나 사랑하는지가 오롯이 느껴진다. 오랜 교직 생활을 정리하고 꿈을 향해 나아가고 계신 선생님은 영원한 소년이면서 희망이다.

오늘은 <내 꿈이여>를 부르면서 선생님의 시를 읽으며 책 이야기가 하고 싶어진다.

정인옥
(하계중학교 사서)

18년째 권장도서목목모임을 함께 한 주상태 선생님은 '정말 순수하게', '때로는 순진하게' 시와 책과 사람을 좋아하시는 분임을 만나 뵐 때마다 느낍니다. 빨래를 하고, 된장찌개를 끓이고, 학교에 가고 수업을 하고 아이들의 이야기를 듣고, 동네를 거닐고 산을 오르고 아픈 몸에 아픔을 느끼고 순대국밥을 먹고 술을 건네고 도서관을 가고 책을 읽고 노래를 듣고 시를 쓰는 일상. 선생님을 닮은 열정과 사색과 삶을, 시를 통해 만나게 되어 참으로 반갑습니다.

윤소영

(중앙고등학교 사서교사)

주상태 선생님과는 학교도서관 연수로 만나 자연스럽게 학교 도서관 이야기를 나누면서 편안한 친구처럼 지내고 있습니다. 선생님 책 <사진아 시가 되라>를 보고 우리학교 아이들을 위한 시특강을 부탁했고, 그 모습을 통하여 시에 대한 열정을 보았습니다. 이번 시집 서문으로 선생님의 삶과 시에 대한 겸손함을 느꼈습니다. 퇴직 이후에도 더 많은 사람들과 시를 통해 삶을 이야기하시는 선생님을 응원하고 첫 시집 발간을 축하합니다.

이미경

(구암중학교 사서)

자본주의는 명동에 산다

초판 1쇄 인쇄일	ㅣ 2024년 10월 18일
초판 1쇄 발행일	ㅣ 2024년 10월 25일

지은이	ㅣ 주상태
발행처	ㅣ (재)당신문화재단
	충청남도 당진시 무수동 2길 25-2
	Tel 041-350-2911 Fax 041.352.6896
	https://www.dangjinart.kr/

펴낸이	ㅣ 한선희
편집/디자인	ㅣ 정구형 이보은 박재원
마케팅	ㅣ 정찬용 정진이
영업관리	ㅣ 한선희 이민영 한상지
책임편집	ㅣ 이보은
인쇄처	ㅣ 으뜸사
펴낸곳	ㅣ 국학자료원 새미 (주)
	등록일 2005 03 15 제25100 - 2005 - 000008호
	경기도 고양시 덕양구 권율대로656 원흥동 클래시아더 퍼스트 1519,1520호
	Tel 02)442 - 4623 Fax 02)6499 - 3082
	www.kookhak.co.kr
	kookhak2010@hanmail.net
ISBN	ㅣ 979-11-6797-200-2 *03810
가격	ㅣ 12,000원